LES DEUX EXPEDITIONS

DE

CONSTANTINE,

POEME EN QUATRE CHANTS,

dédié à S. A. R.

Mgr. le Duc de Nemours,

PAR

Félix Salvaire.

PRIX : **2 Fr.**

JANVIER 1838:

ALGER,

IMPRIMERIE CIVILE ET MILITAIRE, RUE D'ORLÉANS, N. 7A.

LES DEUX EXPEDITIONS

DE

CONSTANTINE,

POEME,

dédié à S. A. R.

Mgr. le Duc de Nemours.

PAR

Félix Salvaire.

LES DEUX EXPÉDITIONS DE CONSTANTINE.

POEME.

à S. A. R. Mgr le Duc de Nemours.

La France avait vaincu les hordes Africaines;
Sur leurs cités, flottaient ses couleurs souveraines.
Des sommets de l'Atlas, aux tours du Méchouard,
Ses soldats promenaient son superbe étendard.
L'Arabe, le Kabail aux forces athlétiques,
Les nomades tribus des gorges Atlantiques
Déposant leur orgueil, leur traitresse fierté,
Reconnaissaient enfin la souveraincté,
Et les droits du vainqueur aux plages du Berbère;
Tout, au loin, présageait un avenir prospère.

Achmet seul, appelant la guerre et les hasards,
Osait nous insulter du haut de ses remparts;
Du sein de sa cité, de son rocher sauvage,
Il bravait nos soldats, défiait leur courage;
Soulevait contre nous de nouveaux ennemis,
Et préchait la révolte aux Arabes soumis.
Ce farouche tyran, seul, provoquait la France...
Seul, il voulait braver sa force, sa puissance,
Et de ses fiers enfants l'immortelle valeur.

De ses épais crénaux, mesurant la hauteur,
Il nous jette le gant... — un glaive le relève...
Il connaîtra bientot la trempe de ce glaive.

Les destins ont parlé; l'insolente cité
Va recevoir le prix de sa témérité.

Trop long-temps on a vu la sombre politique ,
Partiale, engager une âcre polémique
Sur la nécessité de ce siège lointain.
La raison , l'intérêt , les faits , l'honneur enfin ;
Tout nous fait une loi , tout veut que l'on arbore
Sur ces hauts minarets que le croissant décore,
Notre étendard orné de l'emblême fra nçais ,
Et qu'en plis ondoyants il y flotte à jamais.

Un soldat, un héros vieilli sous la mitraille ,
Un vétéran des camps et des champs de bataille,
Dans Bône , a réuni quelques mille guerriers.
Pour lui , pour sa patrie avide de lauriers ,
Il veut parer encor l'autel de la victoire
De l'éclat rayonnant d'une nouvelle gloire.
Et du haut des remparts de la vielle Cyrtha ,
Du faîte du palais où naquit Jugurtha ,
Faire tonner au loin ce grand nom de la France,
Qui fait trembler l'Europe au seul bruit de sa lance.
L'air noble du héros, son calme , sa fierté
Inspirent le courage et l'intrépidité.
A son geste , à sa voix , s'ébranle la colonne
Qui part sous son égide et s'éloigne de Bône.

Hélas ! il ne sait pas ce héros malheureux ,
Qu'il conduit son armée à des revers affreux !
Que des feux du soleil qui l'échauffe et le guide,
La durée est douteuse, incertaine et perfide !
Qu'accourant vers l'Atlas , de glaçons couronnés ,
Les froids enfants du nord contre lui déchaînés ,
Et de grêle et de pluie écrasant ses cohortes,
Des remparts de Cyrtha lui fermeront les portes !
Et puis , pour honorer ses malheurs , ses vertus ,
Un lâche lui dira : — voilà Calpurnius !
Prince , telle est la loi de l'humaine nature ;
Toujours l'infortuné donne prise à l'injure ;

L'infâme calomnie au front bas et rampant,
Déchirant en silence et dans l'ombre frappant,
Dénigre l'infortune et s'acharne après elle;
Plus on est élevé, plus sa serre est cruelle.

N'attends pas, ô Nemours, que mon faible pinceau
De nos adversités te fasse le tableau.
Et pourquoi voudrais-tu que, plaintive, éperdue,
Ma lyre réveillât cette douleur aigue,
Qui déchirait ton cœur sur ces plateaux glacés?
Pourquoi reverrais-tu, par mes vers retracés,
Ces despotes du nord, divinités de l'Ourse,
Quittant leurs régions, hâtant leur froide course,
Précéder nos soldats dans ces climats brulants?
Pourquoi peindrais-je encor sur le givre mourants,
Ces malheureux couverts d'un lourd manteau de neige?
L'hiver trainant sur eux son glacial cortège?
Ces champs arides, nus, où pour comble de maux,
L'œil cherche envain partout de nerveux végétaux?
Ces bivouacs, où la faim, au dessus de leur tête,
Promenait lentement son lugubre squelette?
Ces stoïques guerriers, à leurs derniers momens
Se raidissant encor contre les élémens?
Leurs cœurs, où refoulée, inerte, évanouie,
S'éteignait, par degrés, l'étincelle de vie,
Calmes, entretenant l'espoir consolateur,
D'écraser Achmet bey du poids de leur valeur?
De recevoir la mort des mains de la victoire?
Flatteuse illusion! rêve flatteur de gloire!
Leur rage s'épuisait en stériles efforts!
Long-temps avant leur mort, leurs membres étaient morts.
Ils eurent la douleur, même en perdant la vie,
De ne pouvoir jeter au front de leur patrie,
Constantine conquise et son chef détroné,
Errant et fugitif des siens abandonné.

Prince, qui t'aurait dit que près de l'Écliptique,
L'Arcture éprouverait ton courage héroïque.
Que des sanglants combats t'imposant le besoin,
Ta valeur, d'un revers te rendrait le témoin.
D'un revers ! — car d'Achmet, déchiré par la r age,
Le maladroit boulet ne fit aucun carnage ;
L'hiver et ses frimats, la faim et ses horreurs,
Seuls, promenaient la mort en fléaux destructeurs.
Ce désastre est encor présent à ta mémoire ;
Désormais, cette page appartient à l'histoire,
Son crayon toujours vrai, son burin pénétrant,
Conserveront les faits de ce drame sanglant.
    A peine eut-elle appris ce revers de nos frères,
Ma lyre se voila de crêpes funéraires ;
Fit entendre des sons dictés par la douleur,
Et sensible, pleura sur ces affreux malheurs ;
Mais bientôt la raison, directrice de l'âme,
Coûlant, sur ma douleur, son bienfaisant dictame,
Me fit envisager ce tableau déchirant ,
A travers les rayons d'un prisme consolant ;
Un revers imprévu n'est point une défaite,
Me disais-je, accusons les glaces , la tempête !
Mais ornons de lauriers le front de nos soldats,
De leurs lits de glaçons ils couraient aux combats ;
Vaincus des élémens , en proie à la famine,
Ils ébranlaient encor les murs de Constantine.
Leur résignation, leur intrépidité,
Feront passer leurs noms à l'immortalité.
L'écrivain disposant du burin de l'histoire,
Écrira ces hauts faits au temple de mémoire ;
Placera le Rummel sous la Bérézina,
Guelma, pourra s'y lire à côté de Wilna ;
Et défiant encor les glacières du Pôle,
  Tracera sur leurs flancs cette noble parole,

De vise naturelle à tous les cœurs français :
— Nous vaincre, tu le peux : ravir l'honneur, jamais.
　　Relevez donc vos fronts, portez haut votre tête,
Vous tous, à qui l'hiver ravit cette conquête !
Soyez énorgueillis de nos sanglants malheurs.
L'honneur ne cessa point de battre dans vos cœurs.
Avec fierté, rentrez au foyer de vos pères !
A vos parents groupés racontez vos misères !
Dites-leur, à l'aspect de nos âpres frimats :
— Je suis un vétéran des neiges de l'Atlas.
　　Nemours, on est heureux d'être enfant de la France ;
　Trop noble, pour savoir supporter une offense,
　Trop forte, pour pouvoir tolérer un affront,
　Elle ne veut porter d'autre sceau sur son front,
　Que celui de l'honneur, et celui de la gloire.
　Pour elle, tout revers annonce une victoire ;
　Tout échec, un triomphe ; un seul geste offensant
　Des minarets d'Alger fit tomber le croissant.
Jamais, sans la Macta, peut être nos cohortes
N'auraient de Mascara brisé les lourdes portes,
Et peut-être jamais, aux tours de Méchouard,
　Tlemcem n'aurait vu flotter notre étendard.
　Loin d'en être abattue, une injure, un outrage,
　Réveillent son courroux, décuplent son courage.
Tel, lorsqu'il est blessé, le lion des déserts,
De ses rugissemens frappe et remplit les airs ;
Hérisse, l'œil en feu, son ardente crinière,
Aiguise de ses dents la pointe meurtrière,
　Arrondit de ses pieds les ongles dangereux,
Dresse, agite sa queue, en bat ses flancs poudreux,
Et terrible, imposant, appelle la vengeance ;
Telle et plus fière encor, tonne et gronde la France.
Des rives de l'Adour, aux dunes de Calais,
Des sables du Marsan, aux confins picentais,

On n'entend que ces mots redits de bouche en bouche :
Vengeance, guerre à mort, mort à ce bey farouche !
L'armée impatiente , appelant les hasards ,
De la cité d'Achmet veut saper le s remparts ;
Sentant du feu sacré l'étincelle électrique ,
En masse, elle demande à combattre en Afrique ;
Veut voir, en un tombeau tous ses vallons changés ,
Et qu'on lise partout : les Français sont vengés ,
L'Arabe et le Kabail ont mordu la poussière.

Enfin, elle a parlé, cette voix noble , altière ,
Qui, comme l'aquilon, s'annonce en mugissant,
Semblable au bruit lointain du bronze vomissant
En colonnes de feu le salpêtre homicide.
La prompte renommée , au vol bruyant, rapide ,
Jusques dans son harem fait pâlir cet Achmet,
Ce vil tyran , bientôt, infortuné jouet
D'un orgueil insensé, d'une folle imprudence.
Ce despote insolent veut faire résistance ,
Il croit que ses boulets ont vaincu nos soldats ,
Que la pluie et la faim , la grêle et les frimats ,
Ont moins fait contre nous que ces hordes Nomades ,
Ces Turcs, ces Koulouglis, ces féroces peuplades ,
Des rochers de l'Atlas accourus à sa voix ;
Il les appelle encor une seconde fois.

Nemours, tu vas punir sa coupable insolence ,
Lui prouver que jamais, non jamais, à la France ,
Nul n'a pu se vanter d'avoir fait un affront ;
Que toujours les lauriers ont ombragé son front ;
Qu'invincible sur terre, imposante sur l'onde ,
Un seul de ses regards peut ébranler le monde ;
Qu'elle peut, sans sortir sa lame du fourreau,
Frapper tous les Berbers de son puissant pommeau.
Et que si de ses mains, s'échappe enfin la foudre ,
La cité de Syphax sera réduite en poudre.

Sans doute ; mais un cœur qu'anime la bonté,
 Toujours laisse éclater sa générosité.
Maitrisant des soldats l'ardente impatience,
 Denys de Damrémont, soit devoir, soit prudence,
Fait proposer la paix, quand ses tubes d'airain
Pourraient anéantir le despote Africain.
La Paix ! Prince, à ce mot, quel noir dépit t'enflamme ?
Va, tu n'es pas le seul qui l'improuve et la blâme !
Depuis quand, en effet, a-t-il donc mérité,
Qu'on lui prodigue ainsi la générosité ?
Lui, qui naguère encor, s'arrogeant la victoire,
Moderne Wellington, dans Cyrtha fit accroire
Un triomphe sur nous, nous, que courba L'hiver !
Sycophante imposteur, L'Ourse fut son Blücher.
Ah ! lorsque tu partis des rives de la Seine,
Quand du Phare léger l'orgueilleuse poulaine
T'éloignait de la France et cinglait vers ces bords,
Quand, le Cœur animé des plus nobles transports,
Tu venais, ô Nemours, impatient de gloire,
Des mains du fier Achmet arracher la victoire,
Non, tu ne croyais pas, qu'on eut fait tant d'apprêts,
Pour rester l'arme au bras, pour proposer la paix !
 Calme-toi ; d'un cachet l'indéchiffrable empreinte,
Un parchemin noirci dans la barbare enceinte,
Quelques vains mots : respect, foi, souveraineté,
Lancés pour éprouver notre crédulité ;
Un pacte avilissant, ignoble protocole,
Qu' Achmet déchirerait, parjure à sa parole,
Ne viendront point flétrir d'un stygmate infamant
De ces jeunes héros le guerrier dévouement.
Cette fois, Damrémont, d'une main ferme et pure,
Repoussera l'outrage et l'insolente injure ;
A la France, il saura, par sa noble fierté,
Conserver son honneur, son rang, sa dignité.

Il se rappelera qu'en cette même Afrique,
Dans ces champs arrosés d'un flot périodique,
Aux bords brulants du Nil, sur les flancs du Thabor,
Du bruit de nos exploits tous palpitans encor,
Des guerriers citoyens les ombres généreuses,
Dorment, sur des débris, sanglantes et poudreuses;
Que ces lieux, animés des restes de Memphis,
Aux monts Constantinois par un désert unis,
Sont, en outre, liés par les mœurs et l'usage,
Par les lois du Koran, par le même langage,
Et que, s'il acceptait une honteuse paix,
Qu'un traité scandaleux souillât le nom français,
Franchissant ce désert, des voix du Nil connues,
Profanant des tombeaux les sombres avenues,
Par leurs longues clameurs provoquant le réveil,
Troubleraient, en hurlant, quarante ans de sommeil;
Ces ombres s'élevant du pied des Pyramides,
Flétrissant justement nos cohortes timides,
Au milieu des débris, mornes, sur leur cercueil,
Couvriraient leurs lauriers d'un long manteau de deuil.

    Mais la paix de Denys est une paix guerrière,
A la marche imposante, à l'attitude altière,
Aux muscles aguerris, au regard menaçant,
Comme une paix qu'impose un vainqueur triomphant :
«En amis, a-t-il dit, s'il désire se rendre,
» Nous traiterons Achmet et tous ses partisans ;
» Mais si, fier, imprudent, il osait se défendre,
» Nos pieds ne fouleront que des débris fumans.»

    D'où vient cet envoyé? Que veut-il?—Il annonce
Du nouveau Mourad-bey l'insultante réponse :
Que dit-elle?—«A l'instant, que loin de mes états
» Tous ces aventuriers précipitent leurs pas,
» Ou mon fer que toujours a guidé le Prophète,
«Au nom du grand Allah fera voler leur tête!

» Qu'ils sortent du Béylick et je les laisse en paix. "
    Quoi ! Ce fier Osmanlis, bravant le nom français,
Oubliant que, vingt-ans, nos Aigles triomphantes
Ont pu presser L'Europe en leurs serres puissantes,
Ose insulter encor ce lion bienfaisant,
Qui tremble de frapper se sentant tout puissant!
S'il n'est plus, ce Kébir que l'Egipte renomme,
Achmet, vois ce guerrier, vétéran du grand-homme,
Jusques dans ton Sérail son rapide boulet,
Va briser ton pouvoir comme un léger hochet!
L'armée impatiente enfin gronde et se lève!...
Tremble !...J'entends siffler la lame de son glaive,
Dont la pointe déjà sur tes murs a tracé:
« La vengeance s'apprête et ton règne est passé. »
    La France marche enfin, vole vers Constantine ;
Elle va présenter sa nerveuse poitrine,
 Dans ce siège poudreux provoqué par Achmet.
Qu'elle est belle! voyez, du haut de ce sommet,
Ces mousquets reluisans, ces deux lignes mouvantes
Dessiner les contours de ces routes tournantes ;
Ces légers tirailleurs qui, s'échappant des rangs,
Se dispersent au loin pour protéger ses flancs.
Déjà le camp d'Hammar disparait sous la nue,
Se perd dans l'horison, et s'éclipse à leur vue.
Si le son des clairons les invite au repos,
Du sommeil bienfaisant méprisant les pavots,
A peine daignent-ils, couchés sur la poussière,
Un instant à ce dieu confier leur paupière,
Et lorsque du réveil le tambour matinal
Par ses longs roulemens annonce le signal,
Il les trouve debout, gourmandant sa paresse,
L'accusant d'un retard qui les trompe et les blesse.
Dans un lointain d'azur, l'horison, à leurs yeux
Cache des monts Assel les sommets orageux ;

Du bourbeux Zenati la rive verdoyante,
Arrête un seul instant leur marche triomphante ;
Comme dans le désert, la riante Oasis,
Soumha, sous un ciel pur, frappe leurs yeux surpris,
Aux rayons du Soleil, sur un tapis verdâtre,
Solitaire, étalant sa chemise blanchâtre,
Tandisque, sur leur gauche, auprès du Marabout,
Dans un lit rocailleux coûle le Bou-Merzout.

　　L'Aurore apparaissait sur son char diaphane,
Et déjà dans les airs la criarde diane
Avait sous leurs couleurs réuni nos guerriers
Dont les lignes glissaient à travers les halliers.
Mais pourquoi, leur démarche est-elle plus bruyante ?
Leur pose, plus qu'hier, terrible, menaçante ?
C'est qu'aujourd'hui l'armée, au gré de son courroux,
Pour le défi d'Achmet arrive au rendez-vous ;
C'est qu'aujourd'hui la France avec sa chaude haleine,
Brandissant son vieux fer, reparait dans l'arène ;
C'est qu'aujourd'hui son bras armé pour ce duel,
Va laver dans du sang cet insolent cartel.
C'est qu'enfin aujourd'hui, bouillante de délire,
De ce noble drapeau que lui légua l'Empire,
Humant l'air des combats de ses poumons brulans,
Elle va rajeunir ses gloires des vingt ans !

FIN DU CHANT PREMIER.

CHANT DEUXIÈME.

Almé voluptueuse, agile Bayadère,
Du Pacha de Stamboul, l'Odalisque légère
Charme, par ses appas, les loisirs amoureux ;
Dans une coupe d'or, un nectar soporeux
L'énivre lentement sur la molle Ottomane ;
A ses cotés, sourit une jeune Persanne ;
L'Esclave au teint de jais, enfant du Mossoso
Présente à son Seigneur le complaisant roseau,
D'où s'échappe, aspirée, une vague fumée
Qui forme, en s'envolant, une gaze embaumée ;
Elle agite, en tout sens, un mobile éventail
Qui balance un air frais sur le roi du Sérail ;
D'un tube de cristal, à ses pieds, une eau pure,
Part en jets argentés, tombe, fuit et murmure ;
Mariés en berceau, mille rameaux de fleurs
Etalent sur son front leur luxe de couleurs ;
L'ardente cassolette évapore en fumée,
Le baume, le benjoin, l'encens de l'Idumée ;
La feuille opiacée, aux sucs assoupissans
Incline sur ses yeux ses pavots énivrans ;
Le viellard sent déjà circuler dans ses veines,
Le désir, précurseur des délices humaines ;
L'Odalisque écartant la gaze de son sein
Scelle alors sur sa bouche un baiser de carmin ;
Promenant de ses sens la douce inquiétude,
Un rève heureux l'élève à la béatitude ;
Sur sa lèvre apparaît un amoureux souris !...
Achmet est dans les cieux, bercé par cent Houris !...

Soudain, sous ces lambris, aux ornemens Moresques,
Dessins capricieux, fantasques Arabesques,
Retentit une voix qui l'éveille en sursaut :
«Les français! les français!....»   Il pâlit à ce mot,
Il regarde.... Aïssa, tout-à-coup se présente,
En répetant ce mot qui sème l'épouvante.
A l'heure des dangers l'étiquette s'enfuit,
En voyant les Français, le chef qui les conduit,
Franchissant du palais les longues avenues,
Ses pieds ont profané ces dalles inconnues
Des plaisirs du Harem, seules, témoins muets;
Il a vu le Sérail et ses trésors secrets;
Belle de son sein nu, l'amoureuse Sultane,
Roule encor ses appas sur la molle Ottomane....
Qu'importe! devant elle, Aïssa, de sa main
Brandit un lourd Damas de l'acier le plus fin;
Le turban Musulman, le croissant du Prophète,
Du robuste Africain couvrent l'osseuse tête;
Un élégant tissu de ce moëlleux duvet
Qu'au luxe Oriental prodigue le Thibet,
S'arrondit sur ses flancs en contours élastiques;
Sa veste où brille l'or en dessins symétriques,
Laisse voir d'un poignard l'étincellant pommeau ;
Le soyeux Cachemire, obéissant fourreau,
Soutient deux pistolets que la riche Golconde
A paré du produit de sa mine féconde;
En longs anneaux crispés, sa barbe, aux poils épais,
Tombe négligemment, noire comme le jais;
Sur son front basané s'irrite le courage,
Ses muscles frémissans se contractent de rage :
    «Pars, a-t-il-dit, j'ai vu, couronnant la hauteur
» Des bataillons chrétiens le flot dévastateur;
» Au pied de Sid-Médah va braver la tempête;
» Allah protègera les enfans du Prophète;

» Je saurai soutenir la gloire du croissant;
» Loin de nous, des Français le joug avilissant ;
» Au feu de leurs boulets, dérobe tes esclaves !
» Profite de l'abri que t'offrent nos Agaves !
» Moi, sur le camp chrétien je vais lancer la mort ;
» Dans ce sanglant combat de l'Afrique et du Nord,
» Mon fer va leur prouver, désqu'il pourra paraître,
» Qu' Achmet seul de ces lieux est et sera le maître.»

Quand, dans ses flancs soufrés, le mont Palermitain
Soulève avec fracas son brasier souterrain,
Et que prêt à lancer la lave et le bitume,
Le gouffre tourmenté gronde, mugit et fume,
D'Agosta, de Catane, à flots précipités,
Les pâles habitans courent épouvantés,
Demandant un refuge à l'aride falaise,
Hors du cercle où sévit la bouillante fournaise :
Ainsi le lâche Achmet s'arrache à son palais ;
Suivi de ses Almés, vers des Cactus épais,
Des pesants chameliers stimulant la paresse,
Il fuit ; il va cacher sa honte, sa faiblesse.
Au croissant de Cyrtha qu'il fasse ses adieux !
Le despote jamais ne reverra ces lieux
Qu'il ne sait protéger à l'heure des alarmes ;
Tel est l'arrêt du sort ; si, brandissant ses armes,
Des féroces Berbers il eut guidé le bras,
Qu'il eut perdu son sceptre affrontant les combats,
Nos héros l'eussent plaint ; la France généreuse
Sut toujours honorer la valeur malheureuse.
Mais un chef qui s'enfuit mérite l'echafaud:
Aux braves, des autels ; aux lâches, un poteau.

Cependant, des remparts les hautes meurtrières,
Ont vu de nos soldats les phalanges guerrières;
Déjà le Mansoura, le Coudiat-Aty,
Naguère encor muets, sous leurs pieds ont frémi,

Comme en ces jours de gloire où les Aigles Romaines
Agitaient en ces lieux leurs ailes souveraines,
Et d'un trône usurpé renversant Jugurtha,
Donnaient un nouveau nom à la vielle Cyrtha.
Sur le terrain tracés des points mathématiques
Annoncent de Fleury les plans scientifiques,
Tandisque de Lamy le regard scrutateur,
Du Rummel encaissé sonde la profondeur,
Du Rummel, dont le flot aux ennemis utile,
Grossi du Bou-Merzout, baigne et défend la ville.

Tout-à-coup les créneaux hérissés de canons,
Se couvrent d'un ramas de ces hordes sans noms,
Barbares qu'ont vomi les sommets Atlantiques,
Soldats improvisés, combattans fanatiques ;
Aussitôt sur les tours, sur tous les monumens
S'agite l'étendard respecté des croyans ;
Et du bronze Africain la terrible parole
Lance un boulet qui trace au loin sa parabole,
Et qui, contre un rocher frappant avec effort,
S'arrête, et sur ses flancs, fait voir ce mot :—la mort.

Ainsi, quand des vaisseaux, coursiers de l'onde amère,
A l'horison, poussés par la vague légère,
D'autres vaisseaux sous voile apperçoivent les mâts ;
Que près de leurs affûts, préparés aux combats,
Les matelots groupés s'observant en silence
De l'un à l'autre bord calculent la distance ;
L'ordre à peine donné, le marin bataillon,
Sur l'Artimon hissé scelle son pavillon
Et l'assure en faisant gronder la caronade.
Ainsi, Ben-Aïssa, par sa fière bravade,
Vient de parodier du haut de ses créneaux,
Cet usage si grand au sein des vastes eaux,
Ce terrible cartel, cet accent magnanime,
Cet avertissement, défi mâle et sublime,

Forte et robuste voix qui roulant sur les flots
Jusques à l'infini, semble porter ces mots:
« Voilà comment s'annonce et parle ma patrie.»
   Dédaignant d'Aïssa l'active artillerie,
Malgré les feux roulants qui partent des créneaux
Avec célérité l'on poursuit les travaux ;
Ici c'est un rocher qu'à l'aide du salpêtre,
 Le mineur dans les airs lance et fait disparaitre.
Les Zouaves plus loin, armés de pics nombreux,
Tracent sur le penchant d'un précipice affreux,
Un chemin praticable aux voitures roulantes ;
Partout l'infanterie, aux masses imposantes,
Toujours prête au combat, fournit des travailleurs,
Et lance sur leurs flancs d'agiles tirailleurs ;
Là, pour ses lourds canons, pour leurs affûts énormes,
L'artilleur établit ses larges plates-formes ;
Maçons improvisés, sous leurs calleuses mains,
Ces pierres, ces rochers épars sur les chemins,
Ces cailloux, ces débris qu'avec soin l'on entasse,
Forment un parapet d'une pierreuse masse,
Un rempart protecteur, un large épaulement
Et pour l'armée entière un sur retranchement.
   Mais quels sont ces guerriers à qui dans sa prudence,
Philippe a confié le mandat de la France?
Celui qui devant tous s'avance le premier,
Dont un panache blanc ombrage le cimier,
C'est Damrémont; long-temps près des bouches du Rhône,
La cité Phocéenne où modula Pétronne,
Admira ses vertus, ses faciles talens;
Quand vers Sidi-Ferruch, vers ses sables brulans,
La France, contre Hussein, lançait, dans sa colère,
Ses enfans dont le fer menaçait le Berbère,
S'échappant du canot par le flot balancé
Le premier sur la grève il s'était élancé.

Sur son front apparait la ride soucieuse;
Est-ce que quelque voix, triste, mystérieuse,
Aurait dit à Denys les secrets du destin?
Saurait-il qu'en ces lieux le boulet Africain
Qu'il brava quand Alger devint notre conquête,
Lancé par Aïssa doit foudroyer sa tête?
Il marche lentement; son plus fidèle ami,
Perregaux, dont le nom fait trembler l'ennemi,
Observe tous ses pas, et son âme oppressée
Semble épier du chef l'inquiéte pensée.
Plus loin, le front couvert de cheveux déjà blancs,
Promenant sur les murs des regards pénétrans,
Un brave est là, debout; sa pose martiale
Décèle un vieux soldat de l'ère impériale;
C'est Valée; autrefois, dans les champs d'Aragon
Dirigé par son bras, le feu de son canon,
Renversait des remparts, et décimait l'Ibère;
Spartiate stoïque, il est bon, mais sévère,
Calme dans les dangers, modeste dans la paix,
Prudent dans les conseils, comme jadis Desaix.
A ses côtés Fleury, Dufalga de l'armée,
Lamy, dont la sagesse est toujours renommée,
Duvivier, qui long-temps citoyen de Guelma,
Comme un Typhon puissant bravait Ben-Aïssa,
Et Trézel dont la vie a toujours été pure,
Rulhières dont le bras soumit l'Estramadure,
Et qui semble être au feu, comme en son élément;
Combe, dont le grand-homme aima le dévouement
Qui, d'un bond, du Nestor s'élança dans Ancone,
Caraman, encor fier des souvenirs de Craonne,
Tournemine, Laneau, Chabannes et Corbin,
Enveloppent ces murs d'un lourd rézeau d'airain;
Type du vrai guerrier, voilà Lamoricière,
Voilà l'Ajax français, nouveau Labédoyère,

Brave, ardent comme lui, comme lui belliqueux,
Sa vie est un duel dans un cercle de feux;
Combattre et triompher est toute son histoire,
La guerre est son plaisir, son élément, la gloire.
Et toi, qui fier encor des souvenirs d'Anvers,
Accours sur ces plateaux pour venger un revers,
O toi, dont l'avenir daté de la Belgique
S'agrandit par le vœu des colons de l'Afrique,
Prince cher à nos cœurs, à peine en ton printemps,
Il te faut des combats, le tumulte des camps,
Bondis, bondis d'espoir!... notre France guerrière,
Sur les sommets glacés qui forment sa frontière,
De son robuste bras élevant un poteau
Sur ses flancs a tracé ce sublime écriteau :
« La France sut toujours repousser une offense;
» Même, quand elle dort, elle brandit sa lance. »
Malheur, malheur à ceux dont la barbare main
Par un contact impur souillerait son airain !
Alors, Nemours, alors, secondé de nos braves,
Pars, cours, va délivrer les nations esclaves.
Que l'esprit de conquête éloigné de nos mœurs,
Ne te séduise point par ses charmes trompeurs;
Qu'on lise en lettres d'or aux plis de leurs bannières
Ces mots qu'auront écrits nos cohortes guerrières:
« Union, Liberté, Civilisation ! »
Guerre utile à jamais, sublime mission !
Luttes des peuples-rois, dont Thèbes vit l'ainée
Dont l'Europe est jalouse, et l'Afrique étonnée.

　　De ces chefs, cependant, consultant les regards,
Les soldats travailleurs s'approchent des remparts;
Ils ont déjà creusé de tortueuses routes,
Et pour mieux protéger leurs savantes redoutes,
La fascine d'osier, sous leurs nerveuses mains
S'élève en longs circuits de ces étroits chemins.

Tout-à-coup franchissant une zone étendue,
Des glacières du nord sur le camp descendue,
Une horrible tempête aux sourds mugissemens,
S'annonce à l'horison par de longs sifflemens ;
L'air gronde, le jour fuit ; une nuit froide et sombre
Enveloppe la ville et le camp de son ombre ;
Des profondeurs du ciel, de ses flancs entr'ouverts,
S'échappent tout-à-coup la foudre, les éclairs ;
L'horison est en feu ; dans les airs condensée,
Comme un lourd gravier, tombe une grêle glacée;
L'aquilon qui tournoie en d'affreux tourbillons,
La pousse avec effort aux yeux des bataillons.
Tout est muet ; le ciel et l'ouragan seuls grondent ;
Les ravins du Rummel et les monts seuls répondent.
Roulant avec fracas, des torrents écumeux,
Bondissent déchainés, entrainant avec eux
Des armes, des fourgons brisés par la tempête ;
Les soldats consternés, pour préserver leur tête,
Que manacent la foudre et la rage des vents,
Dans ce combat tonnant, ce choc des élémens,
Sous ce ciel sombre et noir où l'éclair étincelle,
Où toujours retentit une voix solemnelle,
Les soldats, mais envain, demandent, éperdus
L'étendard protecteur qu'ils n'aperçoivent plus ;
Sur les eaux du Rummel, au dessus des tranchées,
Leurs tentes, leurs couleurs par l'orage arrachées,
Flottent, volent au loin en débris, en lambeaux
Par le vent emportés, entrainés par les eaux.
Sur ce sol argileux détrempé par la grêle,
Aux roulemens confus du tambour qui rappelle,
Ils font pour obéir des efforts superflus,
Par un ciment collant leurs pieds sont retenus.
Tel, le fer, malgré lui, sur l'aimant magnétique
Est étreint par l'effet d'une vertu magique ;

Tel encore jadis l'athlète fabuleux
Fut étreint par un tronc qui resserra ses nœuds.
     Est-ce donc une loi des volontés célestes,
Que toujours, au début, des épreuves funestes
Puissent faire échouer les plus nobles desseins?
Un héros s'éloignant des bords Syracusains,
« Et cinglant vers le ciel de l'heureuse Ausonie,
» Pense-t-il arriver aux champs de Lavinie? »
L'ouragan déchainé, précipitant les flots,
Bat ses vaisseaux brisés, détruit ses matelots.
L'homme qui, dans sa main, pressait un hémisphère,
De l'Europe enchainait la tête séculaire,
Chargeait d'un fer guerrier vingt peuples étonnés
Des immenses débris de vingt rois détronés;
Lance-t-il contre un Czar sa terrible menace?
Pousse-t-il contre lui l'occidentale masse?....
A peine, à l'horison, voit-il Ponièmen,
A peine, a-t-il touché le flot du Nièmen,
Que ces divinités, sentinelles du pôle,
De nuages épais chargeant leur froide épaule,
Volent en mugissant, remarquent le héros,
Et sur son front altier lancent leurs lourds fardeaux.
Mais non, ils ne sont plus, ces temps où les orages
Etaient pour les mortels de sinistres présages;
Où d'un hideux vautour le vol vague, incertain,
Aux peuples ignorants annonçait leur destin.
Ces fables qu'inventa l'horrible despotisme,
Ont fui dans les cachots du sanglant fanatisme;
Un bloc d'un marbre dur recouvre leur tombeau.

Comme un phare éclatant, un lumineux flambeau,
La science a jailli; jusques sous l'humble chaume,
Son rayon pénétrant a coulé comme un baume.
Aussi nos bataillons par la grèle meurtris
Se courbent sous la foudre, et n'en sont point surpris.

D'une mort sans combat, l'épouvantable image
Se dresse devant eux ; elle excite leur rage ;
Ils veulent, défiant les fougueux élémens,
Lutter contre eux, braver et l'éclair et les vents....
Peut-on livrer bataille à la pluie, à la boue ?...
La tempête redouble, et sa fureur se joue
Des efforts musculeux de ces jeunes guerriers
De l'argile boueuse impuissans prisonniers ;
Ils pressent sur leurs cœurs que n'atteint point l'orage,
Ces armes dont ne peut se servir leur courage ;
Pour garantir l'amorce, ils font tous, quoique en vain,
Un mobile rempart de leur humide main ;
Parfois mornes, mais fiers, en leur impatience,
De leurs lâches mousquets accusant l'impuissance,
Ils repoussent au loin le fer froid et glacé
Nul pour vaincre, ou calmer l'ouragan courroucé.
Les pieds dans le bourbier, le corps dans la tempête,
A la foudre, à l'éclair qu'opposent-ils ?... leur tête....
Leurs cœurs, où la valeur seule a toujours parlé,
Que n'ébranlerait point l'univers ébranlé !...
Si la rage parfois leur arrache des larmes,
La vengeance les sèche et les rappelle aux armes.

Depuis long temps la nuit, dans son obscur manteau,
Sinistre, enveloppait l'infertile plateau,
Champ inhospitalier, vaste lit d'agonie
Où se tord le courage, où s'épuise la vie,
Où le cœur torturé ne peut même entrevoir,
Dans ce cahos de l'ombre, un reflet de l'espoir.
Quel bivouac !.. pas un feu ; quel ciel !.. pas une étoile ;
Tout est froid et glacé ; tout, surplombé d'un voile.
Quand le fier aquilon, de ses sifflans accens,
Par instans, interrompt les accords mugissans,
Des bataillons muets l'oreille est attentive ;
Et parfois l'on entend comme une voix plaintive,

Un râle convulsif, un soupir creux et sourd,
Puis une arme qui tombe avec un fardeau lourd....
Du Nopal Africain, la feuille buissonneuse,
L'Agave au large tronc, à la pointe épineuse,
Sont un bien faible abri sous un ciel courroucé ;
Contracté par le froid, et par l'instinct poussé,
Le soldat haletant, d'une main téméraire
Soulève des tombeaux la pierre tumulaire,
Ouvre ces réservoirs des poudreux ossemens,
Et fait la guerre aux morts, pour loger les vivans.
Ah ! qui pourrait compter tous les maux qu'il endure !...
Le vrai courage souffre, et souffre sans murmure.
    Soldats, vous vous montrez dignes de vos ayeux ;
La France ombragera de lauriers glorieux,
Vos fronts où l'avenir trace d'heureux présages ;
Perçant de ses rayons ce rideau de nuages,
Le soleil reluira comme au jour d'Austerlitz,
Il vous verra broyer cette Ptolémaïs
Ces remparts orgueilleux du croissant du prophète ;
Vous saurez terminer cette grande conquête.
Oui, des privations, des obstacles nombreux
Vont surgir devant vous sur ces murs anguleux ;
Vous les surmonterez, comme jadis vos pères
En chantant, sous le feu, nos hymnes militaires ;
Vous vous rappellerez leurs marches au désert,
Ces sables que foulaient le grand-homme et Kléber.
Vous vous rappellerez l'audacieux passage,
Que sur le Saint-Bernard accomplit leur courage
Au milieu de dangers sans cesse renaissans ;
Vous vous rappellerez ces combats plus récents,
Ces jours où de l'armée et la fleur et l'élite
Plantait son aigle altière au Kremlin moscovite.
De ces grands souvenirs le magique tableau
Enflammera vos cœurs d'un courage nouveau ;

Alors nous vous verrons, toujours grands et sublimes,
Après mille travaux, mille efforts magnanimes,
Précédés de la mort , sur des débris fumans,
Pénétrer dans Cirtha vainqueurs et triomphans.

FIN DU CHANT DEUXIEME.

CHANT TROISIÈME.

L'ouragan a faibli ; quelques feux incertains
Fendent encor la nue en lozanges lointains ;
L'ombre a fui ; le jour luit ; son disque pâle et blême
Fait douter s'il est un , s'il est toujours le même
Ce soleil sans éclat, voilé, triste, orageux,
Jetant, comme à regret, un rayon nuageux,
Sur ce camp, sur ce parc battus par la tempête ;
Là, sur Sidi Macbrouck, sur sa fangeuse crête,
Les canons, les affûts, les fourgons renversés
Sur la Steppe boueuse en débris dispersés,
Présentent du cahos une image fidèle ;
Les coursiers effrayés, dans cette nuit cruelle,
Faibles, exténués, errent de toutes parts,
Les uns debout, plusieurs morts, sur la terre épars ;
Les caissons fracassés dont la fange est couverte,
Du salpêtre et du plomb leur révèlent la perte.
Ici, sur Mansoura, quelques jeunes soldats
Des pavots du sommeil savourent les appas....
Cependant sur leur corps a retenti la grèle !...
Du sommeil !... laissez-les... ce son qui les appelle,
Ce clairon... c'est en vain... ils ne l'entendront plus !
Laissez-les... pour jamais vous les avez perdus !...
Plus loin , vers ce rocher, se trouvaient les tranchées?...
Elles n'existent plus, par l'orage arrachées ;
Emportés, entrainés dans le fond du ravin,
Les vivres, les travaux, et le parc, et le train,
Sont perdus, sont détruits, et déjà Constantine
Pour se sauver encor compte sur la famine ;

La famine!... il est vrai ! sur ces mornes plateaux
Peut-être nos guerriers foulent tous leurs tombeaux.

Dans l'enceinte du camp règne un profond silence ;
Ce jour a tout ravi, tout, jusqu'à l'espérance ;
Le sombre désespoir, le découragement
Glacent nos bataillons, sans feux, sans aliment.
Tristes, silencieux, inquiets, immobiles
Leurs cœurs n'exhalent point des plaintes inutiles ;
Quelquefois, seulement, un regret fugitif,
Un soupir passager, un accent convulsif,
S'échappe et vient mourir sur leur lèvre flétrie ;
On n'entend que ces mots : « La France, -- ma patrie... »
Puis leurs tristes regards, vaincus par la stupeur,
Retombent affaissés d'une morne torpeur.
Quand sur les bords du Nil, dans les plaines du Caire,
A la bruyante voix du clairon militaire,
Les soldats citoyens groupés sous leurs couleurs,
Adressant leurs adieux à ces jardins de fleurs,
Du jeune conquérant de l'heureuse Italie
Suivaient au loin les pas vers l'ardente Syrie ;
Des chants, des cris joyeux, l'hymne de liberté
Egayaient ces soldats, sublimes de fierté ;
Heureux de voir flotter, sous le ciel de l'aurore,
Sur le chapeau connu le plumet tricolore ;
Mais, lorsque du désert l'affreuse nudité,
Enfin leur révéla son infertilité ;
Quand sur cet océan, monotone savane,
Apparût des français la longue caravane,
Ces vétérans de fer, ces bataillons d'airain,
Sentirent leurs mousquets s'échapper de leur main ;
Sur ces sables brûlans, horison du silence,
Où l'uniformité sans cesse recommence,
Où l'homme, sans signaux, marchant dans le néant,
Met en doute parfois son propre mouvement,

On vit ces vieux guerriers regrettant la patrie,
Se demander pourquoi l'on allait en Syrie ;
Et lorsque de la soif le symptôme rongeur
Avec force sévit sur le camp voyageur;
Lorsque dans le palais la langue desséchée
Chercha l'humidité sous la dune cachée ;
Quand le brûlant Simoun , redoutable fléau,
Vint les envelopper dans son bouillant tombeau,
Quand son souffle de feu, tourbillonante haleine,
Enleva sous leurs pieds l'étincelante arène,
Alors tristes, pensifs, taciturnes, rêveurs,
Pour la première fois leurs magnanimes cœurs,
De leur propre valeur sentant l'insuffisance,
Dans ce cercle de maux perdirent l'espérance.

De même nos soldats, dans les champs Africains,
Couraient vers Constantine au son de gais refrains ;
Et la rose d'Hammar et les lauriers d'Hippone,
D'une ombre parfumée entouraient leur colonne ;
Mais lorsque sur leurs fronts courbés avec effort,
La tempête eut soufflé ses élémens de mort,
En voyant les effets de sa main destructive,
Un frisson agita leur fibre convulsive !...
De ses doigts décharnés , la dévorante faim,
Déjà rongeait leur cœur, et corrodait leur sein....

Soldats, rassurez-vous ; toujours la providence,
Au milieu des revers a protégé la France ;
Vous ne périrez pas ; l'avenir est à vous ;
Vous saurez triompher des élémens jaloux ;
Une étoile brillante, éclatant météore,
Guide, du haut des cieux, le drapeau tricolore ;
Sous les feux du Simoun , au milieu du désert,
Des vainqueurs du Thabor, soldats au cœur de fer,
Elle sut protéger la marche défaillante ;
De même sous ces murs, sa lueur scintillante,

De vos nerfs détendus retrempant les ressorts,
Viendra vous inspirer les plus nobles efforts ;
Vivez ; et que l'Europe apprenne, à votre vue,
Que la France jamais ne peut être vaincue ;
Que si, grâce aux félons, de remords dévorés,
Au lieu du rendez-vous de vingt rois conjurés,
Contre tous opposant sa mamelle puissante,
Elle vit, dans sa main, sa lame flamboyante
Se briser en éclats contre un traître écusson,
Sur l'enclume d'airain retrempant son tronçon,
Cette nerveuse main à la brûlante veine,
L'a remis dans la vôtre, et vous ouvre l'arène ;
Si, dans ce choc terrible, où la victoire en deuil
Enveloppa d'un crêpe un funèbre cercueil,
La France, sur son front reçut une blessure,
Sa chûte en fut plus belle, et sa gloire plus pure ;
Ce stigmate de feu, ce baptême sanglant
Repétrit sa valeur dans un creuset brûlant ;
En vain pendant quinze ans, insultant à sa plaie,
L'étranger a voulu l'attacher sur la claie,
Sublime, elle a surgi de ses nobles débris
Le jour où ses pavés parlèrent dans Paris.
Vivez ; si, près de Suez, sous sa zone enflammée
Une magique voix put sauver une armée,
Une voix aujourd'hui, fille de la valeur,
Un guerrier animé d'une héroïque ardeur,
Dans vos cœurs va couler le feu de son délire ;
C'est Nemours ; au récit des hauts faits de l'empire,
Souvent il a senti, s'indignant du repos,
Que ce sang qui l'agite est un sang de héros ;
L'horison de la France est un cercle où l'histoire
Lui montre à chaque pas les pompes de la gloire ;
Le séduisant tableau des guerrières grandeurs,
Ces nobles souvenirs qui font battre nos cœurs

Exaltent son esprit, font palpiter sa fibre ;
L'artère de son sein se gonfle, son pouls vibre ;
Il cède à son transport, il s'élance, et soudain
Beau de sa jeune ardeur, le front calme, serein,
Donnant un libre essor à sa mâle pensée,
Et brisant les liens de son âme oppressée :
   « Soldats, a dit Nemours, il faut vaincre ou mourir,
« La patrie a parlé, nous devons obéir ;
« Mon sang, comme le vôtre, appartient à la France ;
« Si, dans notre valeur, plaçant sa confiance,
« De sa puissante main elle nous a remis
« Le vieux drapeau d'Arcole et d'Héliopolis,
« Dans ses plis où s'agite une si grande gloire,
« Sachons écrire encor le nom d'une victoire ;
« Pour vaincre, il faut du cœur, vous en avez, soldats ;
« Marchons à l'ennemi, -- le brave ne meurt pas.
« Si, toujours imprudente, à vos fières cohortes
« Cyrtha refuse encor d'ouvrir ses lourdes portes,
« Marchons ; notre boulet, nos mousquets et nos dards
« Sauront se faire jour à travers ses remparts ;
« Courons les renverser, méprisons nos souffrances ;
« Le terme de nos maux est au bout de nos lances. »
   Ainsi que le salpêtre enfermé dans le fer
S'enflamme, fume, tonne et part comme l'éclair,
Dès qu'il sent le contact de l'ardente étincelle
Qui jaillit du caillou qu'en ses flancs il recèle,
Ainsi tous les soldats enflammés par Nemours,
Répétant quelques mots de son mâle discours,
Retrouvent tout le feu de leur premier courage,
Et s'élancent soudain avec des cris de rage ;
La valeur, sous la main de l'indignation,
Dans le camp, dans le parc, met tout en action.
Les fourgons sont debout ; les criantes voitures,
Avant la fin du jour, près de leurs embrasures,

Transportent les canons, qui, sous cent bras tendus,
Se placent, menaçans, sur leurs mouvans affûts.
En vain Ben-Aïssa lance par intervalles
De ses boulets roulants les brûlantes rafales ;
En vain le ciel contraire et toujours nuageux,
De l'astre aux rayons d'or leur refuse les feux ;
En vain la froide nuit, s'enveloppant de voiles
Leur dérobe l'éclat des brillantes étoiles ;
En vain, pour entraver la marche des travaux,
Des nuages parfois, l'eau tombe et coûle à flots...
L'armée électrisée a tenté l'impossible,
Et l'impossible cède à son bras invincible...
Pour le faire plier, fléchir selon ses vœux,
Elle n'a dit qu'un mot, un mot seul... je le veux.

Quoi ! des milliers de turcs, sortant de leurs repaires,
Viennent effrontément, sous leurs rouges bannières,
Se ruer contre vous ?.. ils viennent s'y briser !
Laissez-les s'approcher ; sachez les mépriser ;
Vous écraserez mieux cette horde insolente.
Est-ce qu'ils penseraient par leur fougue imprudente,
Arrêter vos travaux, refroidir ces transports
Qui, de vos cœurs brûlans, s'échappent à pleins bords ?
Non, non, votre mousquet va prouver à l'Afrique
Qu'elle ne peut lutter contre votre tactique.
Entendez-vous les cris de ces monstres hurlans ?
Peut-être ces haillons, ces burnous jadis blancs
Couvrent les assassins dont les mains sanguinaires
Se tordaient dans le cœur de vos malheureux frères !
Ils inventaient, pour eux, des supplices nouveaux,
Ils arrachaient leurs chairs, lentement, par lambeaux ;
Cherchaient à prolonger leur souffrante agonie ;
Puis ces tigres riaient, fiers de leur barbarie !...
Mais d'un rire sinistre, oblique, contracté,
Un rire de fureur, mêlé de lâcheté.

Ah! c'en est trop! lancez vos cohortes guerrières,
Impétueux Trézel, invincible Rulhières!
A leurs fougueux transports laissez un libre cours!
Vengez-vous, vengez-vous, volez!... déjà Nemours,
Méprisant la prudence, oubliant la sagesse,
Brandissant le premier son arme vengeresse,
D'un front où le sang-froid s'allie à la fierté,
Sur ce ramas abject soudain précipité,
Entraînant après lui sa terrible brigade,
Au sein des rangs glacés de la horde nomade,
Répand, en un instant, le désordre et la mort...
Battu, brisé, broyé, l'ennemi fuit d'abord...
Il fuit; mais cent des siens dont la terre est couverte,
Révèlent du vaincu l'irréparable perte;
Il fuit; et pour gagner la porte El Cantara,
Il laisse dispersés sur Sath el Mansoura,
De nombreux yatagans, témoins de sa défaite;
Il fuit; mais contre lui l'active bayonnette,
Jusques sous les remparts, s'émousse dans son sang,
S'acharne contre lui, lui déchire le flanc.
Insensés! ils croyaient, quaffaiblis, sans courage,
Sans feux, sans aliment et courbés par l'orage,
Epuisés sous le faix de vos rudes travaux,
Vous alliez, sous leur fer, trouver tous, vos tombeaux!
Ah! combien, maintenant, derrière leur muraille
Que bientôt va saper l'obus et la mitraille,
En voyant leurs fuyards, défigurés, tremblans,
A l'aspect de leurs bras mutilés et sanglans,
Le cœur gros de frayeur, déchirés par la honte,
Maudissant un combat où foudroyante et prompte
L'armée a triomphé sans cesser ses travaux,
Combien, certains alors que toujours en héros,
Vous saurez repousser et vaincre leurs cohortes,
Fesant crier les gonds de leurs pesantes portes,

Ils redoutent déjà que leurs puissans remparts
Ne soient plus un asile à l'abri de vos dards.
  Et vous, parlez, parlez, vétérans de l'empire
En voyant cette ardeur et ce bouillant délire,
Ce calme, ce sang-froid, cet appel aux combats,
Ce mépris des dangers inné dans nos soldats,
Parlez, combien de fois, heureux de tant de gloire,
Avez-vous répété, certains de la victoire :
« C'est bien le même sang des braves d'Austerlitz. »
  Les armes ont cessé leur guerrier cliquetis ;
On revole aux travaux ; cette armée invincible
Sait qu'un instant perdu pourrait être nuisible ;
Qu'après sa fuite il faut harceler l'ennemi,
Qu'un vainqueur fatigué n'est vainqueur qu'à demi ;
Que le plus beau succès, la plus belle victoire
Ne sont pas, c'est l'arrêt de l'inflexible histoire,
Un doux lit de duvet, un moelleux oreiller
Sur lesquels, sans prudence, on puisse sommeiller.
Aussi point de repos, point d'imprudente trêve,
Ils courent aux travaux, en déposant le glaive ;
Déjà sur Mansoura, sur Coudiat-Aty,
Le brave Maléchard, le fougueux d'Armandy,
Aux pieds de leurs canons pointés sur Constantine,
Par leurs nombreux boulets calculent sa ruine.
  Un seul leur manque encor ; il est dans le ravin ;
Il faut des bras nerveux, un effort surhumain ;
Pour l'arracher du fonds du fangeux précipice ;
Le roc est presque à pic, et sa surface est lisse ;
Et qu'importe!... bientôt le canon aux flancs durs,
De ses boulets en feu va menacer ces murs ;
Les Zouaves sont là... leur cohorte invincible
Surmonte tout ; pour elle il n'est rien d'impossible ;
Le ciel, en les créant, leur fit des bras d'airain ;
Je les vois déjà tous dans le fonds du ravin ;

Sous leurs adroites mains, un puissant chanvre enlace
Du monstrueux canon la grosse et lourde masse ;
Sur toute la longueur de la corde aux longs bouts,
Ils impriment leurs poings, ils s'y cramponnent tous ;
Le cœur, plein de ce feu qui toujours les anime,
Voyez-les, sans effroi suspendus sur l'abime,
Sur le granit glissant par adresse attachés,
A ses aspérites par les pieds accrochés,
Le corps demi courbé, la poitrine haletante,
Les nerfs raides, tendus sur la corde vibrante ;
Sous un commun effort avec art balancé,
Aux sons multiplié d'un houra cadencé,
Le vétéran d'airain s'ébranle... et de sa masse
Grave sur le granit une profonde trace,
Un immense sillon que ce lourd et dur soc
Ouvre, en broyant sous lui de gros quartiers de roc...
   Le voilà, l'imprudent !—Il est à vous, Zouaves ;
Enlevez de ses flancs ces ignobles entraves,
Laissez-le libre, seul, sur son mobile affût ;
Il vous dira bientôt ce qu'il est, ce qu'il fût ;
Secondez, à l'instant, secondez son attente,
Zouaves, confiez à sa gueule béante
Sa pâture de fer ; vous entendrez sa voix
Ebranler Constantine en foudroyant ses toits ;
Du salpêtre inflammable approchez cette mèche !
Son anguleux boulet va vous tracer la brèche
Par où, vous les premiers, vous devez pénétrer,
Par où, vous les premiers, vous avez droit d'entrer.
Rompez, rompez le feu, récompense guerrière
Qu'à votre dévouement offre l'armée entière ;
Cet honneur vous est du !— le brave Samary
Lance le premier feu de Coudiat-Aty.
   Il gronde...tout-à coup cent autres bouches grondent ;
Soudain du haut des murs cent autres leurs répondent,

De ces gueules d'airain, cent boulets échappés,
Dans leur trajet de feu, par cent autres frappés,
Se brisent en éclats, volent, couvrent l'armée
D'un nuage de feu, de fer et de fumée ;
Dans l'espace qui siffle et que perce l'éclair,
Le feu combat le feu ; le fer contre le fer
Avec fracas lancé par l'ardente gargousse,
Se heurte, s'entrechoque, et soudain se repousse,
Se croise sans s'atteindre, et frappant droit au but,
Celui-ci, du soldat courbé sur son affût
Frappe et broie en passant, le crâne qu'il disperse,
Trace un sillon poudreux, tue, ou blesse, ou renverse
Tout ce qui porte obstacle à son rapide essor;
Celui-là, du rempart qu'il sape avec effort
Ecrète les créneaux, s'aplatit, meurt et tombe.
De ce puissant foyer, de cette immense trombe
D'où jaillissent le feu, l'acier, le plomb, le fer,
De ce volcan fumant qui voile, épaissit l'air,
Cratère d'où s'échappe une ferreuse lave,
La mort, l'air menaçant, l'œil sombre, le front hâve,
La mort surgit!... la mort dont le barbare cœur,
Au signal des combats, s'épanouit d'horreur,
Se place en souveraine, en ce jour de bataille,
Au milieu des obus, au sein de la mitraille.
Sous sa puissante faux, tu tombes le premier,
Héros cher au génie, invincible Rabier !
Tu tombes, mais ton sang versé pour la victoire,
A confié ton nom au burin de l'histoire.
A tes côtés, Maland, tout bouillant de valeur,
Broyé par un boulet, expire au champ d'honneur.
Combien d'autres, hélas! couchés sur la poussière,
Accusant d'Aïssa la balle meurtrière,
Soudain enveloppés dans le sanglant linceul,
Sur le lit du silence ont un regret, un seul :.

Vivre encor pour l'honneur, vaincre pour la Patrie.
  De Coudiat-Aty l'active batterie
Fait taire par degrés le canon du rempart;
Chaque boulet lancé, chaque bombe qui part
En démonte une pièce, en brise le calcaire;
Chaque coup pour la ville est un glas funéraire;
Saisissant l'àpropos, sûr d'un prochain succès,
Valée a rapproché le feu de ses boulets;
L'effet en est plus prompt, plus puissant, plus visible;
Tous invoquent la fin de ce drame terrible;
Tous sont impatiens; déjà, tous les regards
Agités, inquiets, consultent les remparts;
Tous suivent de l'obus l'ardente parabole,
 Ecoutent du canon la grondante parole;
Tous savent que c'est là, près de ce bastion
Qu'est le point décisif, le nœud de l'action.
Mais tout-à-coup les cœurs s'ouvrent à l'espérance,
Le rempart lézardé, s'ébranle, se balance;
Hâtez-vous, artilleurs, le rempart est à vous!
Redoublez votre feu, précipitez vos coups!
Bourrez, bourrez encor la ferreuse gargousse!
C'est le dernier effort, la dernière secousse;
Que cent boulets lancés le frappent à la fois,
Et le mur chancelant croûlera sous son poids.
  Soudain tous les canons tonnent, grondent ensemble;
Sous les pieds des soldats la terre un instant tremble;
Puis l'on entend un bruit, chute d'un fardeau lourd;
Comme un bloc de granit qui, du haut d'une tour,
Balancé dans les airs, de sa pesante masse,
Heurterait d'un pavé l'inégale surface;
Un nuage plombé s'élève du rempart,
Son volume flottant obscurcit l'étendard
De l'Africain cuivré fanatique bannière;
Et voilant la cité dans des flots de poussière,

Semble l'envelopper dans un poudreux rideau,
Linceul Aériforme, Aérien tombeau
Que dissipe du Nord l'haleine glaciale;
Le rempart dégagé de l'opaque rafale,
Laisse voir... ciel!... la brèche!... ô sainte vérité,
O toi qui de mon vers adoucis l'apreté,
Toi qui seule as tracé ces lignes fugitives,
Ah! viens, viens me prêter tes couleurs les plus vives,
Ta plus belle palette, et tes plus beaux pinceaux,
Pour peindre les transports de ces jeunes héros,
A l'aspect de ce mur, vaste gueule béante!
Prête-moi ton appui; que ta voix bienfaisante
M'inspire de l'assaut le sanglant bulletin!
Me dise les guerriers qui, sur l'ardent chemin,
Ont encore embelli la couronne de gloire,
Que, sur le Panthéon agite la victoire!
Que leurs noms burinés sur l'airain triomphal,
Figurent à jamais sur le grand piédestal!
Et que mon vers chanté sur la place Vendôme,
Les dicte au monument qui porte le grand-homme!

FIN DU CHANT TROISIEME.

CHANT QUATRIÈME.

Quand le flot populaire armé d'un lourd pavé,
Vit enfin des trois jours le grand drame achevé;
Quand il sut que cinglant vers la terre étrangère,
Un vaisseau, sans couleurs, sur la vague légère,
D'une cour qui n'est plus emportait les lambeaux;
Quand, après le combat, le marbre des tombeaux
Eut reçu des martyrs les dépouilles sanglantes;
Quand on eut effacé sur les dalles glissantes,
La trace des forfaits des conseillers d'un roi;
Tout entier aux douceurs d'un fraternel émoi,
Laissant la voix d'airain pour l'air de la folie,
Le peuple maria l'hymne de la patrie
Aux chants mélodieux d'une franche gaîté;
Toujours le plaisir marche avec la liberté;
Le volcan de juillet resserrant son cratère,
Revoyait reverdir cet arbre séculaire
Divinité des grecs, idole des romains;
Sous ses rameaux noueux, le peuple aux fortes mains,
Préparait, en chantant, des couronnes civiques,
Et dans les carrefours, sur les places publiques,
Ému jusqu'à l'ivresse, au milieu du forum,
De la liberté sainte invoquant le doux nom,
Bénissait, dans des flots de joie et d'espérance,
Ce Dieu qui toujours veille au salut de la France.
De même, à Constantine, heureux et triomphans,
A l'aspect de ces murs écroulés et béans,
Nos bataillons joyeux se confondent, s'embrassent;
Leurs fraternelles mains se pressent et s'enlacent;

Ils se montrent la brêche, et leur œil enchanté
Aime à douter encor de la réalité ;
Ils pensent qu'une erreur, illusion d'un songe,
Les flatte, les trahit par un adroit mensonge ;
Leur âme extasiée errant sur ces débris,
De leur sein délirant s'échappe par des cris ;
Et sous le dôme bleu, jusqu'à la providence,
S'élèvent les transports de la reconnaissance.

  Descendez du trépied qui pénètre vos sens,
Soldats, l'ange du deuil aux lugubres accens,
De l'ombre de son aile environne vos tentes ;
Son œil choisit déjà dans vos masses bruyantes
Ceux dont le sang versé pour un noble succès ,
Doit servir de ciment au pavillon français,
Pour le fixer au sol par de fortes racines,
Pour qu'à jamais ses plis ombragent ces ruines ;
Cessez ; l'heure est suprême, et déjà vers ces lieux,
Suivi des généraux, calme, mais soucieux,
S'avance votre chef !... de ses regards tranquilles,
Il consulte ces murs, poudreuses Thermophiles,
Passage entre deux feux, détroit entre deux forts,
Grève où l'on voit surgir d'inaccessibles bords ;
Denys jugera t-il la brêche praticable ?
Faudra-t-il que l'airain broie encor quelque obstacle ?
Va-t-il donner enfin le signal de l'assaut ?
Sur sa lèvre indécise on cherche à voir ce mot ;
Le mousquet meurtrier frémit d'impatience,
Toute l'armée observe un inquiet silence !...
Soudain au haut du mur flotte un noir étendard ;
Tout-à-coup un éclair reluit sur le rompart,
L'air siffle..... Damrémont pâlit, chancelle et tombe,
Un boulet ennemi vient de creuser sa tombe ! !....
Il n'est plus ! l'infini, dans son immense mer
A fait sonner sur lui son couvercle de fer ;

Les remparts sont muets ; on dirait qu'effrayée
Constantine a frémi par ce coup foudroyée
Sombre, noir et brumeux, on dirait que le ciel
De nuages plombés a couvert le soleil
Pour ne pas voir tomber le héros magnanime !
Tout se tait à l'entour de la grande victime ;
On regarde son sang qui sillonne un chemin
Par où nos bataillons le vengeront demain.
L'ombre a voilé ses yeux ! mais sa mort est d'un brave !
Les sujets et les rois, l'homme libre et l'esclave,
Tous succombent broyés par sa puissante faux ;
L'homme ne vit-il pas sur son propre tombeau ?
Mais mourir comme lui !... vibrez, vibrez, ma lyre !
Que la corde d'airain seconde mon délire !
Noble France, bondis ! tous les guerriers français
Avec l'honneur, la mort ne pactisent jamais
Qu'est la mort pour un brave ? un chemin vers la gloire ;
C'est la main qui l'inscrit au feuillet de l'histoire ;
C'est l'incisif burin, le pénétrant pinceau
Qui retrace son nom sur l'immortel tombeau ;
Et le temps dont la dent est toujours destructive,
Épuise envain sur lui sa vertu corrosive.
Voyez ces vétérans dont les bras mutilés
Portent de vieux chevrons sur leur habit collés ;
La mort les respecta dans les champs de la gloire ;
D'un revers de sa main livide, osseuse et noire,
Cette mort que l'on craint, qu'appellent les héros,
Bientôt va les plonger dans la nuit du repos.
Approchez, vétérans couverts de cicatrices,
De l'airain ennemi marques accusatrices ;
Venez, nobles débris, venez, instruisez-nous :
—J'ai servi mon pays : — « c'est un devoir pour tous ;
» Tout français doit défendre et servir sa patrie ».
— Mon sang coula pour elle : — « une palme fleurie

» Ombragera ta cendre, et puis... se fanera».
— Mais celui dont le marbre au voyageur dira :
Il servit sa patrie, il sut mourir pour elle.—
«Celui-là vit toujours ; une page immortelle,
» Un feuillet de granit anime son trépas ;
» Mort depuis trois mille ans, lisez : — Léonidas ».

Oui, Damrémont vivra ; ses manes généreuses
Froides, reposeront sous ces dalles pompeuses
Panthéon des vertus, monument des tombeaux
Où les siècles debout respectent les héros.

Du guerrier qui n'est plus ami franc et sincère,
Perregaux voit tomber cette tête si chère ;
Pâle, défiguré, courbé par la douleur,
Il veut encor presser son ami sur son cœur ;
A pas précipités, il court, il fend la foule,
Il s'élance.... il l'étreint dans ses bras !... son sang coule !...
Frappé, blessé lui-même en ce champ glorieux,
Il ne peut à son chef rendre ses soins pieux.

Ce spectacle affligeant et t'irrite et t'enflamme,
Nemours, ce sang versé fait tressaillir ton âme ;
Appelant la vengeance et demandant l'assaut,
Tu le veux à l'instant, tu le veux, il le faut !...
Aux transports valeureux de ton impatience
Valée oppose alors sa vieille expérience.
Depuis que Damrémont, sous le fer africain,
A payé le tribut qu'il devait au destin,
Du fardeau de ses ans secouant la poussière,
Étreignant les remparts de son feu circulaire,
Ce vieux soldat courbé sous le faix des exploits,
De commander l'armée accepte tout le poids,
Son boulet, aux grands jours des rapides batailles,
Toujours prompt, renversait les plus fortes murailles ;
Il ordonne l'assaut, mais pour le lendemain,
Au jour naissant du treize, à l'aube du matin ;

Le noble Vétéran des assauts et des sièges
Veut élargir la brèche et prévenir les pièges.
　　Le soldat a levé son front noble et serein ;
Il est content ; pourquoi ? l'ordre est connu : demain...
Demain ! oh, que ce mot dans le monde où nous sommes,
Agit différemment sur la fibre des hommes !
Mot rongeur pour celui que le malheur poursuit,
Sonore, harmonieux pour qui le bonheur luit ;
Tyran mystérieux sur la terre et sur l'onde,
Il résume à lui seul tout l'avenir du monde ;
Invoqué par ceux-ci, par cent autres maudit,
Il est l'effroi de l'un, quand à l'autre il sourit ;
Mais ici, dans ce camp, la main de l'espérance
Le fait voir glorieux aux enfans de la france ;
Oui, demain, à l'assaut ! tous nos jeunes guerriers
Se disputent l'honneur d'y monter les premiers ;
C'est là, sur ces débris, que siège la victoire,
C'est au sein des dangers que s'agite la gloire ;
Ils sauront les braver ; rentrés dans leurs foyers,
Ils veulent voir leurs fronts ombragés de lauriers ;
Tous bouillans de valeur, pressés par le courage,
Ils demandent en masse à franchir le passage,
Pour prouver dans des flots de poussière et de sang,
Que la france toujours commande au premier rang.
　　Mais déjà du Soleil la lumière inclinée
Laisse à la sombre nuit la terre abandonnée ;
Le sonore tambour par ses longs roulemens
Rappelle les soldats dans leurs retranchemens ;
Partout s'est affaissé le manteau du silence ;
Le canon seul parfois perce la nuit immense ;
Ses sons majestueux, ses rapides éclairs
Qui résonnent au loin, qui sillonnent les airs,
De cette longue nuit semblent marquer les heures,
Et glacent les Berbers dans leurs sombres demeures.

Enfin, à l'orient, l'étoile du matin
Sous le dôme d'Azur annonce un jour serein ;
Et bientôt à travers une vapeur légère
Parait à l'horison le point crépusculaire ;
Les soldats sont debout ; sur leurs fronts radieux
On croirait voir écrits des destins glorieux ;
Prêts à vaincre ou mourir les valeureux Zouaves
Forment le premier rang des phalanges de braves
Que désigne Nemours pour le grand dénouement ;
Dans le camp, dans le parc, tout est en mouvement ;
On n'entend que les sons des tambours, des trompettes ;
On agite, on brandit ces armes déjà prêtes
A lancer le carnage et la foudre et la mort ;
Respirant les dangers, mus d'un magique accord,
Officiers, Généraux, pour marcher sur la ville,
Repoussent des coursiers le secours inutile ;
Tout le camp retentit de cris, de bruits guerriers,
Le bronze lance encor ses éclairs meurtriers ;
Son oblique boulet, ses brulantes volées
Renversent les Kabails sur les tours crénelées.
L'on entend tout-à-coup un houra menaçant ;
Sur les murs écroulés s'élève un mur vivant,
Un mur de fer, d'acier, de lames flamboyantes
Sur ces énormes blocs, des masses imposantes,
Des milliers de Bédouins se groupent et leurs cris
Nous prodiguent encor l'outrage et le mépris.
Le camp à cet aspect frémit d'impatience ,
Mais partout le soldat garde un profond silence ;
Immobile, courbé le long du parapet
Il attend le signal, il écoute, il est prêt...
Chaque mousquet reçoit une amorce nouvelle...
Tout-à-coup retentit une voix solennelle :
A l'assaut ;... mille voix répétent: à l'assaut !...
A mon commandement, Zouaves, à l'assaut !...

A ces mots ébranlant sa colonne guerrière,
Bouillant, impétueux, l'ardent Lamoricière
S'élance vers la brèche à pas précipités ;
Quel moment ! les soldats par leurs chefs exités,
En voyant Garderens devançant leur colonne,
Sur ces blocs renversés que la foudre sillonne,
Seul, debout, dominant le terrible rempart,
Brandissant dans les airs son sublime étendard,
Les soldats, méprisant la brulante mitraille,
Heurtent des fiers Kabails la mouvante muraille ;
Dans ce terrible choc, le fer brise le fer,
Le feu répond au feu, l'éclair combat l'éclair ;
De toutes parts s'échappe une lave sanglante
Qui coûle et roule à flots sur la brèche fumante ;
La melée est affreuse, horrible et la fureur,
Les bras ensanglantés, brandit un fer vengeur ;
L'attaque impétueuse amortit la défense ;
De balles, de boulets une nuée immense
Tombe sur les soldats des hauteurs des créneaux,
Rien ne peut arrêter l'élan de ces héros ;
Ils meurent sur la brèche, aucun ne l'abandonne ;
Dans sa brulante ardeur, la terrible colonne,
Devant elle semant le carnage et la mort,
Renverse, écrase tout sous son puissant effort ;
Et déjà l'ennemi fuit, s'échappe ou succombe ;
La terre, sous leurs pieds, tremble... et comme une trombe,
Avec un bruit grondant, un nuage poudreux
S'élève de la brèche... ah ! quel spectacle affreux !
Ciel ! soutenez mon vers ! allez, peintres, poëtes,
Que vos lyres en deuil, vos plus sombres palettes
Peignent à nos neveux... là, flottant dans les airs,
Ces corps demi bralés, ces crânes entr'ouverts,
Ces membres dispersés, ces lambeaux que colore
Un sang mélé de chairs et qui dégoute encore ;

Sur la brèche, à l'entour, par le choc fracassés
Ces cadavres broyés sur la pierre entassés !
Spectacle foudroyant ! triste et sanglant mélange
De remparts écroulés, de poussière, de fange,
D'os brisés et meurtris, d'armes en mille éclats,
De blessés gémissans invoquant le trépas,
De poudre, de sang noir et de chairs palpitantes.
    Sur ce volcan en feu, sur ces masses sanglantes,
Combe s'est élancé suivi de ses soldats ;
De son bras qui brandit le glaive des combats,
Au milieu des débris, des morts et de la foudre,
Il presse le carnage et réduit tout en poudre ;
Les Bédouins ont cédé sous ce choc foudroyant ;
Hàletans, mutilés, le regard flamboyant,
Nos héros, à travers la flamme et la mitraille,
Maîtres des blocs croulés, franchissent la muraille ;
Les rangs sont confondus, on combat corps à corps ;
Le féroce Africain prodiguant les efforts,
Par la rage conduit, fait partout résistance ;
Partout avec fureur s'acharne la défense ;
Mais de nos bataillons les flots étincelans,
Bravant des toits brulés les décombres brulans,
Dégoûtars de sueur, de sang et de poussière,
Renversent des Berbers la mouvante barrière ;
Déjà de la cité les chemins tortueux
Présentent aux soldats leurs contours sinueux ;
Bientôt sous leurs musquets d'où jaillit la tempête,
Ploîra, comme un roseau, la ville du Prophète ;
Foulant morts et blessés, ces terribles guerriers
Soudain précipités dans les sombres quartiers,
Sur un pavé de feu tombent de piège en piège ;
Chaque rue, un assaut ; chaque maison, un siège ;
Partout, du haut des toits, les femmes, les enfans
Lancent de lourds débris aux fronts des combattans ;

Des vases échappés des flots d'huile bouillante,
Font ruisseler partout une lave brulante;
Mais les noirs habitans broyés ou repoussés,
Dans chaque carrefour, dans chaque angle assiégés,
Encombrent de leurs morts la ténébreuse place.
 Aux cris des combattans et de la populace,
A la voix des tambours, à l'accent des clairons,
Au choc étincelant des nombreux escadrons,
Au son majestueux des bruyantes volées,
 Au bruit poudreux et sourd des maisons écroulées,
Aux longs rugissemens des Africains mourans,
Sur des corps entassés l'un sur l'autre expirans,
Devant Ben-Aïssa qui frémit et s'effare,
La victoire surgit en sonnant sa fanfare ! ! !
A ses mâles accents les Bédouins effrayés,
Jetant leurs lourds Damas, s'échappent foudroyés;
Le glaive du vainqueur s'acharne à leur poursuite,
Se rougit dans leur sang, précipite leur fuite;
Par la foule entrainés, dans ses flots confondus,
D'épouvante saisis les chefs cèdent confus;
Tous, suivant les contours des sinueuses rues,
De la ville envahie ont cherché les issues ;
Vain espoir ! le vainqueur, maître de la cité,
Etreint partout ces murs d'un bras ensanglanté ;
Partout de nos soldats les bouillantes cohortes
D'un triple rang d'airain ont couronné les portes ;
Pour échapper au fer qui déchire leur flanc,
Qui se brise en éclats émoussé dans leur sang,
Il leur reste un chemin ; c'est celui de l'abime...
Des hauteurs des créneaux envahissant la cime,
Stimulés par le feu des soldats courroucés,
Qui vers ces sombres lieux courent à pas pressés,
Sur ces blocs de granit aux pointes menaçantes
Qui bordent du Rummel les ondes mugissantes,

Pâles, désespérés, dans les airs suspendus,
Vers le gouffre profond s'élancent éperdus;
Et leur rage effrénée à la peur asservie,
Pour éviter la mort leur fait broyer leur vie.

Nos guerriers sont enfin maîtres de la cité;
Femmes, enfans, vieillards, du vainqueur irrité ,
Au milieu des débris, implorant la clémence,
Étalent de leurs pleurs la muette éloquence;
Cherchent à détourner, tous tremblans pour leurs jours,
Le fer qui d'un seul coup peut en trancher le cours ;
Mais grands dans le carnage, en héros magnanimes,
Nos soldats triomphans veulent d'autres victimes ;
Malheur, malheur à ceux qui, dans leur désespoir,
D'une défense vaine encor rêvent l'espoir !
La hâche de la mort, en ce jour de tempête,
Rouge de sang humain se dresse sur leur tête.
Mais leur œil cherche envain des Africains armés ;
Ils ne trouvent partout que corps inanimés,
Que mourans, que blessés au teint pâle et livide,
Dans des mares d'un sang déjà caillé, fétide,
L'un sur l'autre gisans, pêle-mêle entassés,
Expirant sous le choc de leurs toits fracassés.

Soudain l'on voit flotter sur les blanches mosquées,
Les couleurs de la paix par le peuple invoquées;
Les pieux Muezzins, du haut des minarets,
Cadençant du Koran les antiques versets,
Ordonnent aux croyans prêts à l'obéissance,
De courber, tous, leurs fronts sous la main de la France ;
Le croissant est vaincu ; tout ploie, et le soldat,
Déposant sa fureur, cesse enfin le combat.
En voyant de la paix l'étendard symbolique
Couronner des lieux saints le fantasque portique,
Il a remis son fer dans le fourreau d'acier;
Le silence succède aux houras du guerrier ;

Aussitôt reparait l'ordre, la discipline,
Un calme bienfaisant renait dans Constantine ;
Cédant aux mouvemens de leurs cœurs généreux,
Aux Africains vaincus, aux blessés malheureux
Ces héros tendent tous une main protectrice,
Font entendre partout leur voix consolatrice ;
Brave soldat français ! sa générosité
Est égale en son cœur à l'intrépidité !
On n'entend plus gronder le bronze des batailles,
Tout est calme au dehors, au dedans des murailles ;
Au faîte des palais, sur tous les monumens,
Notre drapeau s'agite en replis ondoyants,
Commande le respect dans la tribu lointaine,
Et projète partout son ombre souveraine.

Oui, la France a vaincu ; sa musculeuse main
A fait courber le front du féroce Africain ;
Et vous, braves soldats, instrumens de sa gloire,
Vos noms seront inscrits au feuillet de l'histoire,
Garderens, Samary, Villeneuve, Régnard,
Tixador, d'Augicourt, Fontanilhes, frossard,
Raindre, Boissy, Meyrand, Canrobert, Richepanse,
Vous, dont la mâle ardeur a fait bondir la France,
Répond, Thuilier, Leflo, Tatin, Leblanc, Beaumont,
Guignard, Borel-Vivier, Blainvillain, Mac-Mahon,
Vous, dont le sang versé, comme jadis nos pères
A fait grandir encor nos fastes militaires,
Errochot, Gallini, Vivansang, Vieux, L'Huilier,
Renoux, Dumas, Adam, Carette, Letellier ;
Ah ! qu'il me serait doux d'embellir une page
Par le récit des traits d'un sublime courage

Dus à vos bras puissants, à vos cœurs généreux !
Quelle plume peindrait sur ces débris poudreux.
Brulé, meurtri, blessé, l'ardent Lamoricière
Promenant fièrement son regard militaire
Sur ces murs écroulés dont il est prisonnier,
Brandissant, mais envain, son glaive meurtrier,
Luttant contre ces blocs, granitiques entraves
Où la mort des héros a frappé tant de braves !
Quel vers assez empreint de douleur et de deuil,
Serait digne d'orner ton glorieux cercueil,
Toi, dont tant de regrets environnent la tombe,
Héros cher aux français, noble et valeureux Combe !
Des siècles passeront, et le marbre de Feurs
Encor par nos neveux sera couvert de pleurs ;
Ils te verront encor sur la pierre éternelle,
Comme au jour où frappé par la balle mortelle,
Sur la brèche, debout, ta belliqueuse main
D'une prompte victoire indiquait le chemin,
Et faisant tes adieux aux bruyantes alarmes,
Calme, tu souriais à tes compagnons d'armes ! ! !

    Pardonnez, ô guerriers, pardonnez à ma voix !
D'autres célebreront vos belliqueux exploits ;
Cette tache pour moi serait trop témèraire ;
Est-ce à l'oiseau timide à chanter l'aigle altière ?
Est-ce à l'humble ruisseau qui serpente ignoré
A sonder de la mer le fonds démesuré ?
Non, non, et si mon vers sur la corde électrique
A vibré quelquefois chaud et patriotique,
La gloire en est à vous, vous, dont le bras puissant
Du redoutable Achmet a brisé le croissant !

    Et vous, vous, dont le sang a rougi ces décombres,
Vous, de qui sur ces murs errent les froides ombres,
Madiec et Beraud, Capdepont et Potier,
Carpette, Hackett, Marland, et Dangel et Rabier,

Du moderne Mourad, généreuses victimes,
Recevez nos adieux, ô héros magnanimes,
Demoyen, Duportail, Sanzai, De Serigny;
Maréchal, Cahoreau, Delacolle, Sassy;
Tant que du Panthéon l'historique Coupole,
Sur les toits de Paris, guerrière métropole,
Projètera son ombre aux rayons du soleil;
Tant que, au sein des frimats, le Russe, à son réveil,
Sur les murs enfumés du palais Moscovite,
Du grand-homme verra l'empreinte encore écrite;
Tant que le Belge avide, aux champs de Waterloo,
Heurtera de son soc les débris d'un tombeau,
O guerriers, vous vivrez sur la page immortelle,
Sur la page d'airain, à la ligne eternelle!
Vous vivrez pour nos fils sous l'habile pinceau
Qui du drame Africain va tracer le tableau!
Le poète, en ses vers, chantera votre gloire,
L'écrivain de vos noms ennoblira l'histoire,
Comme en ces jours pompeux des guerrières grandeurs!
Dormez, dormez en paix, héros chers à nos cœurs,
Ombres, qui reposez sur la terre étrangère!
Jamais de vos tombeaux la pierre tumulaire
Par les fils du croissant ne sera profané!
Jamais le fier Kabail, l'Arabe basané,
N'iront, par leur houra, réveiller votre cendre!
Si quelques sons guerriers parfois se font entendre,
Au milieu de la nuit, sur l'anguleux rempart,
Ce sera la vedette au scrutateur regard
Dont le cri glissera sous l'humble sycomore
Dont le feuillage ami, long-temps après l'aurore
Amortira les feux de l'astre ardent des jours?

Et toi qui vis leur mort, jeune et brave Nemours,
C'est à toi de veiller sur leurs cendres sacrées;
Que toujours de respects elles soient entourées!

Si la sombre Albion , brumeux tyran des flots ,
Noir chantier de l'intrigue , arsenal de complots,
Voulait troubler la paix de leur tombe angulaire,
Si de son Wellington la voix impopulaire,
Au timbre sépulcral, au râle assourdissant,
Demandait qu'en ces lieux reparut le croissant.
Que le noble étendard à la triple auréole
Fit place au haillon rouge au sinistre symbole ,
Si jamais, ô Nemours ,méconnaissant nos droits,
Contre nous s'élevaient de menaçantes voix ;....
Lève-toi , levez-vous , soldats de Constantine ,
Présentez de nouveau votre forte poitrine
Au boulet soudoyé, vil esclave de l'or ;
Vos pères l'ont vaincu, vous le vaincrez encor ;
Sur les caps Africains, sur tous les promontoires,
Gravez sur le granit le nom de nos victoires !
De gloire et de succès ce terrible faisceau,
Ces nobles souvenirs de notre vieux drapeau,
Redoutable Typhon, granitique colonne,
Debout, feront sur eux, l'effet de la Gorgone.
Allez, soldats, allez revoir ces bords heureux
Que la Seine embellit de son flot sinueux ;
A vos parents groupés au foyer domestique ,
Dites-leur vos succès sur les terres d'Afrique,
Dites-leur en montrant vos membres mutilés,
En relevant vos fronts par la foudre brulés :
Que depuis vingt-trois ans, plus noble, plus hautaine ,
L'airain qui sommeillait aux rives de la Seine,
N'a point fait retentir sa parole de fer ;
C'est qu'il vient de tonner aussi grand, aussi fier ,
Qu'en ces jours glorieux où Dantzick , Ratisbonne
Recevaient dans leurs murs l'immortelle colonne
Dont les derniers débris dorment à Waterloo ;
C'est qu'autour de ces murs , sur ce même plateau ,

Pàles, erraient encor les mânes de nos frères,
Et qu'il fallait venger leurs affreuses misères;
C'est qu'il fallait prouver aux potentats, aux rois,
Que ce fer qui leur fut si fatal autrefois,
Que ce glaive rouillé qui dort aux invalides;
S'il était insulté, si quelques voix perfides
S'èlevaient pour braver l'airain de son pommeau,
Que ce fer flamboyant déchirant leur bandeau,
Pourrait encor briser et leur sceptre et leur trône;
Que ce sang généreux qui dans nos cœurs bouillonne
Est bien ce même sang qui, dans les champs Germains,
De l'Europe vaincue enchaina les destins;
Et que la France enfin par Achmet outragée,
Voulait une vengeance et vient d'être vengée.

FIN DU QUATRIEME ET DERNIER CHANT

www.ingramcontent.com/pod-product-compliance
Ingram Content Group UK Ltd.
Pitfield, Milton Keynes, MK11 3LW, UK
UKHW021630090726
13657UKWH00004B/1554